COMIC BY HOM

大城小事

BIG CITY, LITTLE THINGS

3

CONTENT

喂、喂！
你耳朵上那個是什麼啊？
為什麼要戴這個？
你聽不到我說話嗎？
唔……啊！

「追不上就逃吧！」

耳聾
蘇見晶！

呼—
嚕—
砰!
欸欸!老師叫你!
!?
才剛升上高中,開學就打瞌睡,
蘇見晶,還在放暑假啊?
老師……

我叫蘇見晶，看清楚，那個字念ㄇㄛˋ啦，是三個目，不是日。
座位表
喔？三個目？
蘇見晶
張
黃
名字有這麼多眼睛，眼睛還睜不開啊？不要再睡了，專心上課！
是——
蘇見晶！
我費盡千辛萬苦才考進的第一志願，集結最頂尖學生的地方……
這種吊兒啷噹的傢伙居然可以考上？
哈——欠。
還跟他同班……真衰，最好別跟我有交集！

要不要去買飲料？
嘩
好啊！
我也要去！
嘩
要問他嗎？
問看看吧。
欸，你叫何彥平吧？要不要一起去買飲料？
嘩——
嘩
嘩
嘩——
欸、欸——
喂！
嚇!!
啊？
要不要去買飲料？
唔……好啊！

欸，我跟你玩個遊戲，喊蔬菜名互罵，先笑的人就輸了！
好啊，怕你喔！
什麼啦～白癡耶！
?
紅蘿蔔！
番茄！
花椰菜！
綠豆！
請問……他們剛剛在說什麼？
別理他們，在玩奇怪的遊戲。
綠豆不是蔬菜吧？
綠豆芽菜！
噗！
可以和我說嗎？我剛沒聽清楚。
WINNER——!!
哈哈哈哈
哈哈哈哈
哈哈
哈哈

不好意思，可以借我妳的筆記嗎？
好啊，拿去。
有個地方我看不太懂。
啊，這個啊——就是你把這邊的……
馬鈴薯！
花椰菜！
等一下，
我聽不清楚妳的聲音，請再說一次，可以慢一點嗎？
蔥!!
四季豆!!
蛤？
陪我去隔壁班一下！
喔好啊！
抱歉，你去問老師吧。

沙
別小看我啊，
我可是從國小到國中都拿第一名的人！
等著瞧吧！我一定要你們嚇一大跳！
成績好——
才是最重要的事！

上週的小考，有兩位同學不及格，
蘇見晶，以及
——何彥平。
!?
……怎麼會？
大家不是都在玩嗎？
連這傢伙、
這傢伙，
地瓜葉!!
丟米！
還有那傢伙
都考得比我好？
怎麼可能！

對了，我以前待的是普通國中，
所以同學的程度比較低，
這裡則都是來自各地的菁英。
（雖然人看起來不怎麼樣……）
還有什麼蔬菜可以講？
你們是要玩多久啦！無聊耶！
這就是天賦的差異嗎？
可惡，我得更努力才行！
喂！
砰！
!?
抱歉、抱歉！因為我一直叫你，你都沒聽到。

呃——你叫何……
彥平。
彥平，哈哈，對！
去補考了啊，走吧！
他忘了以前跟我同班過啊
現在？
對啊，老師早上說的。
嘩嘩哈——
忐忑
可惡，我沒聽到，後來有檢討錯的部分，應該可以考過吧？
欸——你走路幹嘛一直低頭，這麼怕踩到狗屎啊？
嘩嘩…
？

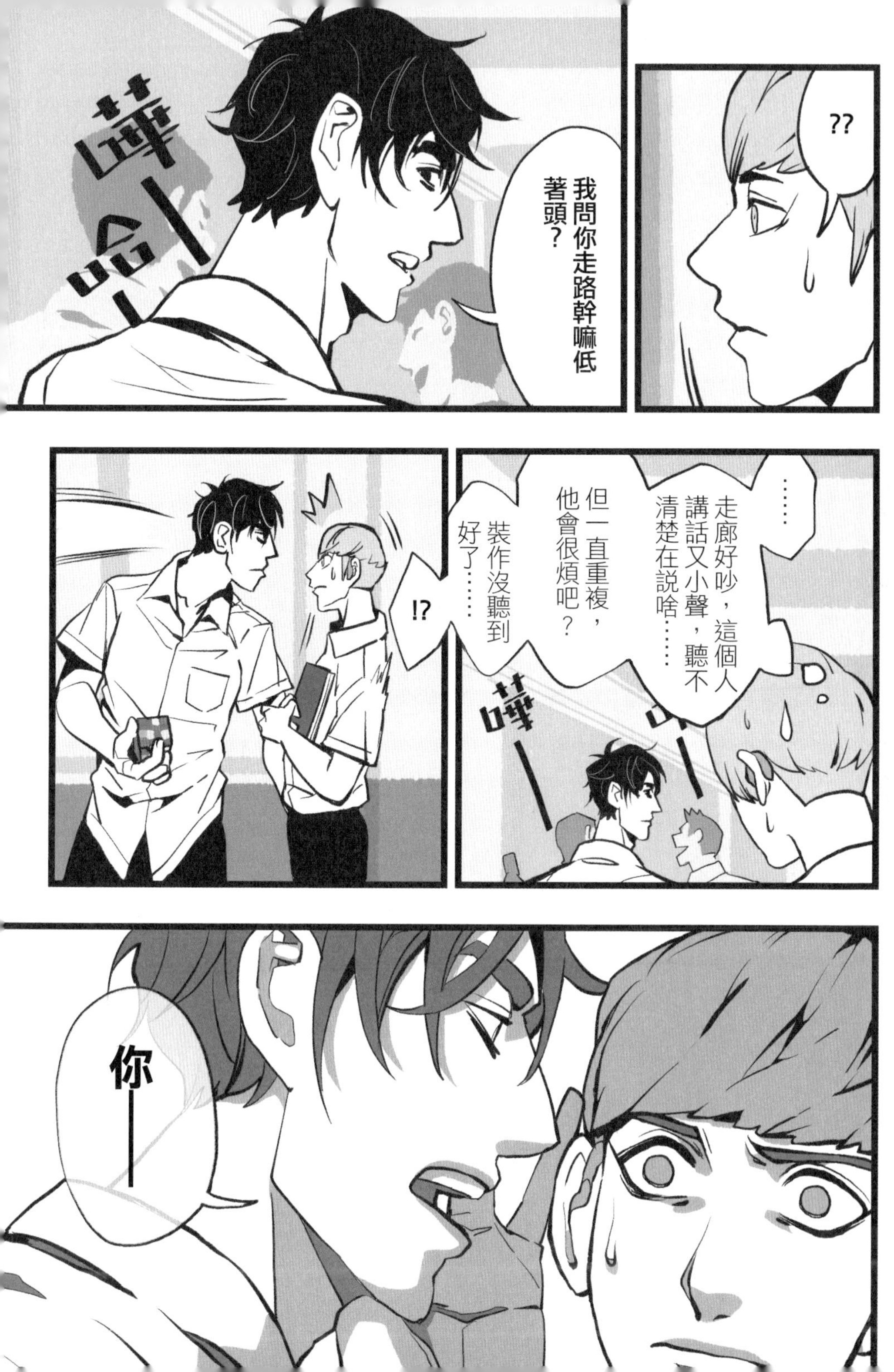
??
嘩—
啦—
我問你走路幹嘛低著頭？
……
走廊好吵，這個人講話又小聲，聽不清楚在說啥……
但一直重複，他會很煩吧？
裝作沒聽到好了……
嘩—
啦—
!?
你——

聽得到我說話嗎？
耳　聾！
???

分組報告，兩人一組，有沒有誰沒分到組的？
成績墊底
（沒人要豬隊友）
呵—欠
那就你們兩個一組吧！
……那個，來討論吧？
……算了，我自己來。
耶！成功了，你看！
？

2、4、6……7階？居然有這麼多格的魔術方塊……
真厲害。
成就達成!!!
你要不要玩3階的？
嗯？
喀
喀
給你！
慢慢玩，解出來再還我吧！
那個，分組報告……
ZZZz…
↑秒入睡

唔～～。
……
喀
喀

52
43
46
26
56
木耳!
23:58

彥平，
是不是老師上課說話速度太快？你聽不清楚嗎？
學習上有什麼難處要說啊！
……
至於你，蘇見晶……
有——
欸，那個聽障生的成績好像一直都很爛？

哎呀——不意外啊，
想也知道是靠殘障加分才考得進這裡吧？
對喔——一定加了不少分！不公平啦！
欸妳太大聲了！他會聽到的！
哈哈！不覺得他講話怪怪的嗎？
不會啦，

他耳聾耶！

吁
吁
吁
吁
吁
耳聾
耳聾

彥平狀況不錯，
不需要念資源班，
在普通班上課也沒
問題的。
時
他很聰明，學習速
度也比其他學生還
要快喔！
吁
吁
吁
吁
彥平是最棒的！
吁
吁
吁

啊！
好痛啊啊啊！
你幹嘛啦！
我只是想問你，有解開魔術方塊了嗎？
痛…
……!?
!?

彥平，你解不出來嗎？
我教你！這個要一層一層去解，
首先把這裡轉成十字的形狀，
然後……
咔！
咔！
看！
哈──囉？
……
──欸，

如果我聲音太小，你聽不清楚，
就跟我説，
我會再大聲一點，説到你聽懂為止！

蘇見晶，
聽懂了嗎？
你有夢想嗎？
魔術方塊大師？
哈哈哈，不是吧。
夢想喔，唔——
還沒決定耶！
你呢？
沒有。

一直以來我只知道把書讀好，除此之外不知道自己還能做什麼，
有夢想的感覺是什麼？
我無法體會。
我四歲的時候發了一場高燒，原以為只是感冒，其實是中耳炎，
延誤治療才導致我損失部分聽力。

我哥和堂姊，他們從小就喜歡玩樂器，
我只能在一旁看著，
他們的眼神充滿堅定的夢想，看起來好閃爍。
有時候會想著……
如果我的聽力沒有缺陷，
會跟他們一樣嗎？

喔……可是，我不太懂耶，
你喜歡音樂？
還好而已。
我的意思不是說我喜歡音樂，這只是比方。
不喜歡音樂為什麼要拿來作比方？
……我是指夢想這個部分。

可是別人的夢想，跟你有什麼關係啊？

叮
噹
叮
上課了，走吧。
叮

喀
喀
喀
喀
喀
喀
喀

哦哦——
不錯耶，你抓到訣竅了！

要不要挑戰4階的？
好啊！
咦？你在看什麼？
《物種起源》。
……達爾文？原文翻譯的？
嗯，對啊。
這真不像你會看的書。
不，應該説我以為你不讀書的……
哈哈——有興趣嗎？看完借你。
唔……不，沒有。
你喜歡看書，為什麼功課這麼爛？
考試是我的補眠時間啊。
……
多一排就變得好難喔！
慢慢解啊！

名:何彥平
26
考題 名 蘇見晶
0

SUMMER
大特價
OFF

彥平，
老師告訴我……你的功課落後得很嚴重。
出了什麼問題嗎？要不要請家教？
……不需要。
怎麼還在玩玩具？
!?

就是被這個害的吧？
不是！
還給我！

……
彥平！
你到底怎麼了？
爸媽很擔心你啊！
吁
吁

怎麼了？
吁
吁
對不起，我把你的魔術方塊……弄壞了。
噗哈！
笑屁啊！
看你的臉我還以為你被追殺，結果是這麼小的事情，哈哈。
怒!!
這又沒什麼，不必為了道歉特地跑到我家啊！
進來吧！

這是你房間？
嗯。

……這些都是你養的？
是啊，你眼前那是所羅門食鳥蛛。
牠很會吃，長得很大吧！
你看！
這隻叫祕魯鱷蜥，
我好不容易才得到的，
牠超級可愛的吧！

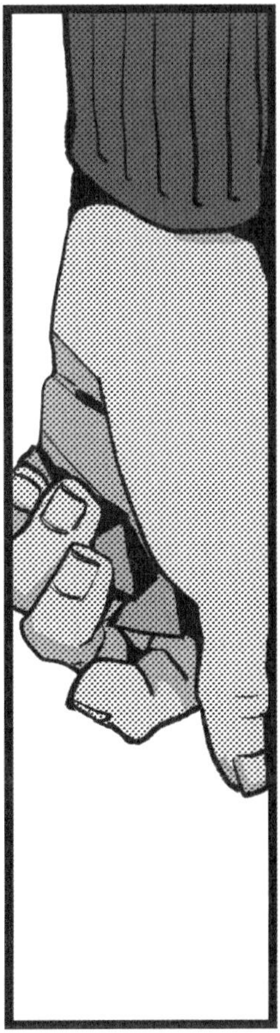

原來，魔術方塊
不過是你一小部分的興趣。

看著你雀躍的分享自己熱愛的一切，
我突然感到好寂寞。

霎時我突然理解，

為什麼你能
如此不在乎學業，
活得這麼自在，

因為你從知識和
興趣中得到滿足。

而我相反，

我只會追求考卷上的分數，
藉由贏過同學來獲得別人的稱讚與肯定，

當我發現這種肯定如此不堪一擊的時候，
是你帶我離開這個狀態的。

我以為跟隨你，就能成為像你一樣的人。

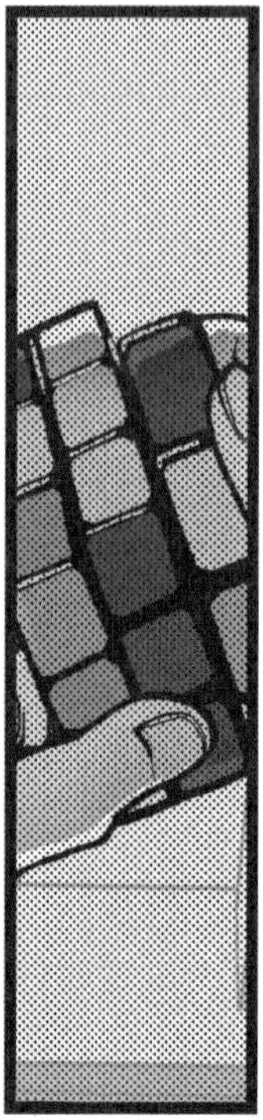

但現在卻發現
我們的距離
原來如此遙遠。

我也可以去嗎？
可是我的腳踏車沒有火箭砲可以載你。
你家還有多的車嗎？我自己會騎。
你沒問題吧？
嗯，走吧！
我第一次逃家、

第一次放棄課業，

放棄我本來最重視的事情。

你啊——

沒負責心、任性，又合理化自己的脫序……

你這個人……

可以讓我

追上你嗎？

咻－。
!?
助聽器……
沒電？
還是壞了？
啪！

彥平!?
不要停在馬路中間啊!

彥平!!

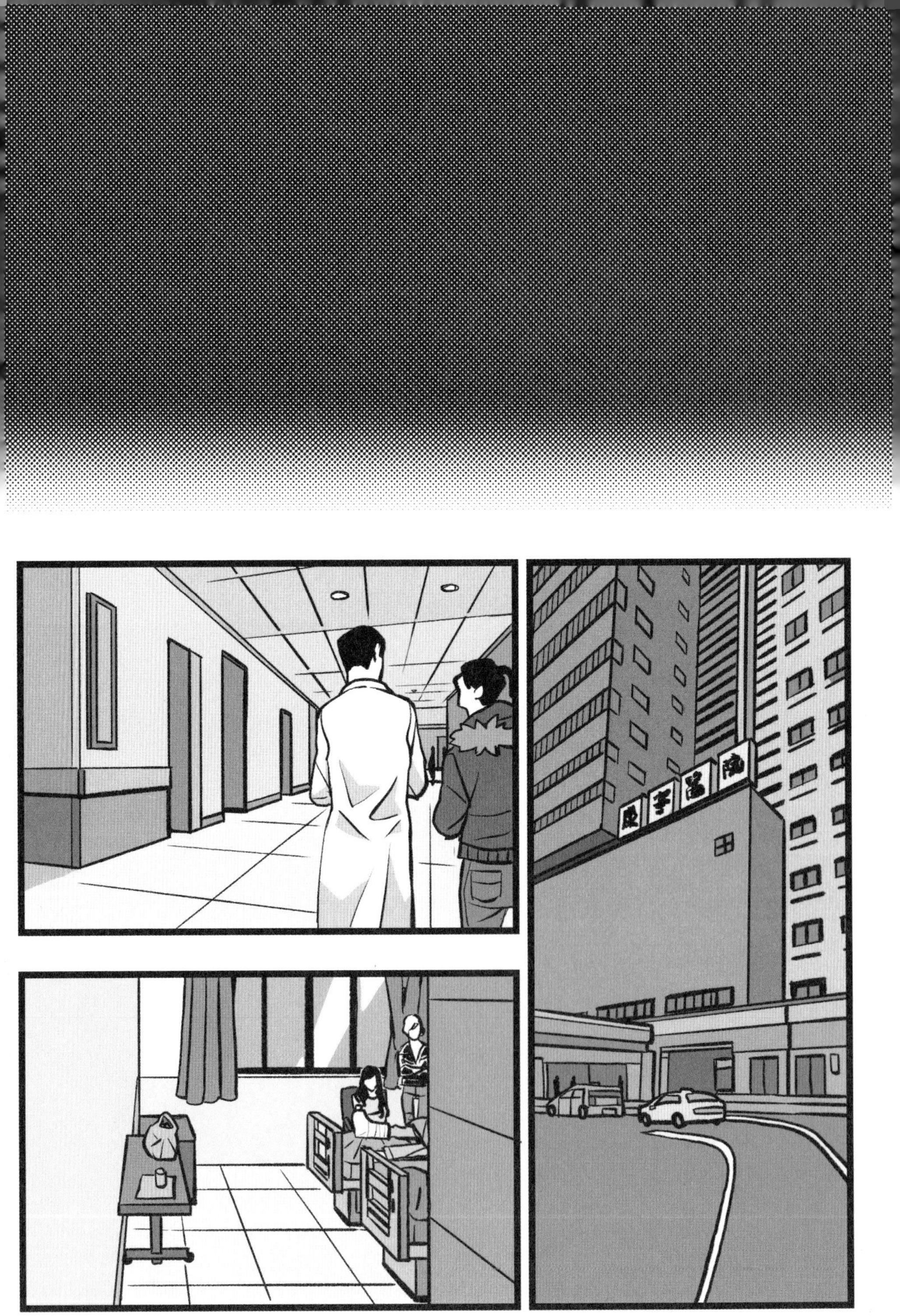

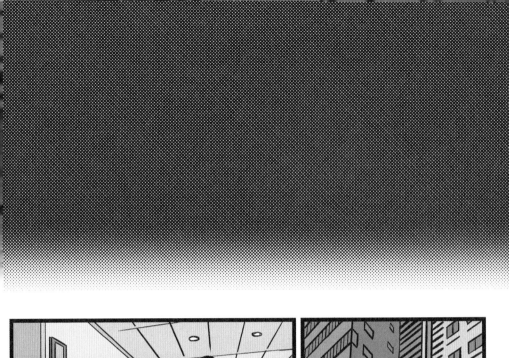

阿姨妳好，我可以跟彥平說說話嗎？
但他現在沒戴助聽器，可能聽不清楚哦。

※ 你同學來找你了。

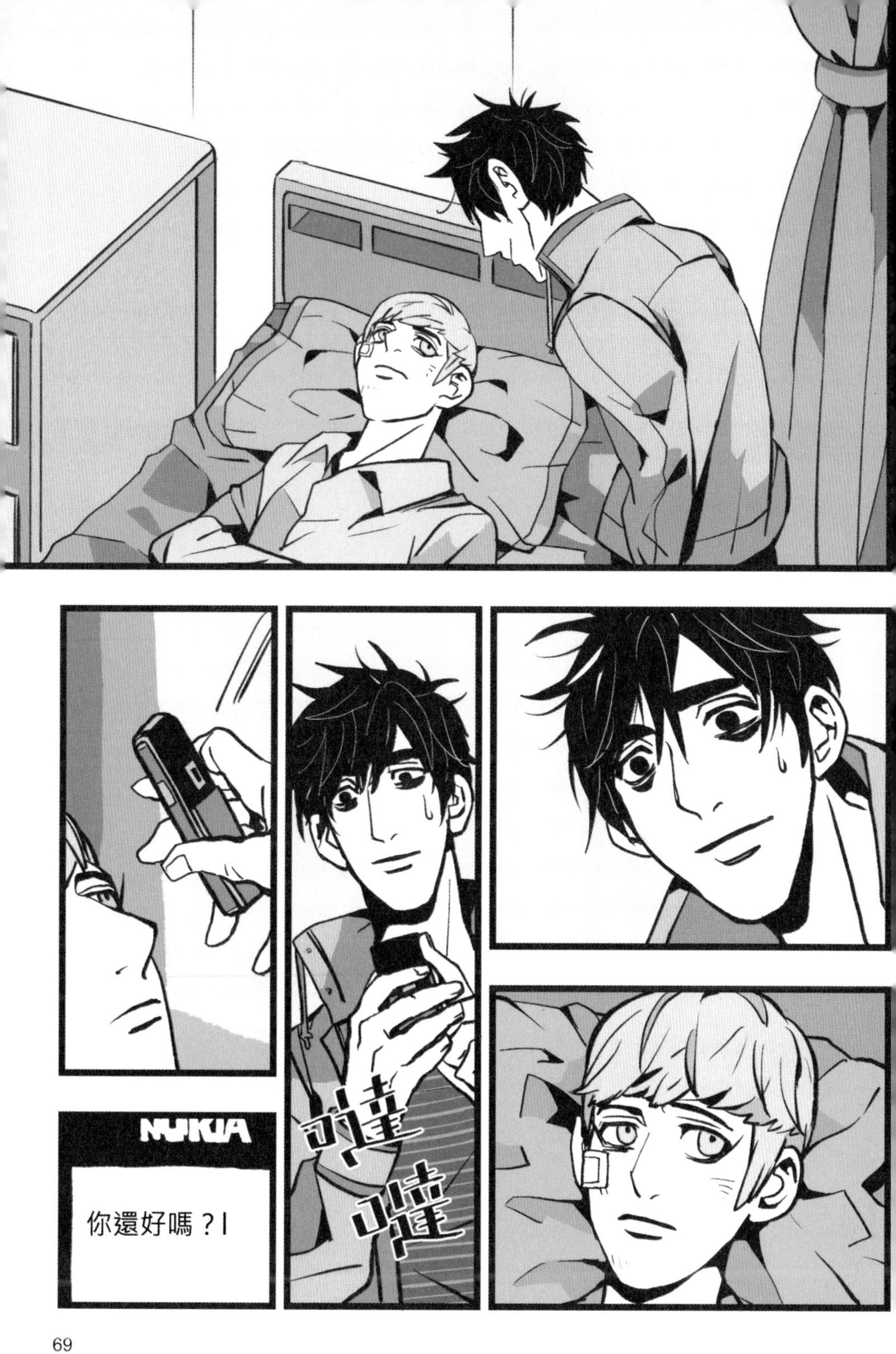
NUKIA
你還好嗎？I
噠
噠

不好，右腳骨折。
多久會好？|
不確定。
你心情不好喔？|
怎麼會？我才為自己的清醒感到高興呢！
多虧那臺車把我撞醒了，
我一定是腦袋太混亂了才會被你牽著鼻子走。
為什麼這麼說？|

我交不到朋友，逃避人際關係，一心追求考試的成績，
以為只要分數可以打敗別人，就能證明自己的價值，得到滿足。
其實事情根本沒有這麼嚴重，只是耳朵的缺陷讓你太自卑了，才會過度尋求認同感、容易羨慕別人。
噠
噠
噠
但是啊，
考上這裡之後發現，不管我再怎麼努力都還是吊車尾，
所以我逃避課業，開始跟隨你的生活方式，

噠
噠
噠
噠
求認同感、容易羨
慕別人。
你要走出這種泥沼
般的思考模式，首
先不要把目標設定
在跟別人比較上I
追著你跑啊跑的，發現我根本追不上你嘛！
什麼魔術方塊，我也不是真的多喜歡，
我只是羨慕你一副無憂無慮的樣子罷了，我們根本是不同世界的人！

直到昨天和我爸媽討論之後，他們決定要讓我轉學，去另一所符合我程度的學校，
我聽了暗自竊喜……
想著，哇！我終於解脫了！我又可以逃了！
求認同感！
刪刪刪刪刪刪……
但同時我的腦中突然出現一個聲音，他問我……
下次你又想逃到哪裡呢？

你的人生怎麼一直在逃避啊？

啜泣
啜泣
啜泣

别擔心啦！！
啜泣
啜泣
啜泣

我可以陪你一起逃喔!!
我成績太爛、曠課太多，被退學了!
現在哪裡都能去喔!

……你真的
很誇張耶～

十幾歲的時候，

難免在探索自我的過程中
面臨徬徨與挫折，
也許是因為走得不夠遠，
還無法找到答案，
但無論如何
最珍貴的，
是好好陪你走過
這段路的人。

數年後
好久不見啊，蘇見晶。
嗨……
不准睡！
砰！
恭喜你當上實習醫生啦！
想當年你還被退學重考，
後來居然滿級分畢業考上醫學系……
不愧是天才啊！
欸——當實習醫生很操好嗎——
我好久沒睡飽了……
好像隨時都會過勞死……
你碎碎念什麼啦!?

球鞋、
球鞋……
上禮拜颱風天還是要值班，急診室來了一個被樹打到的工讀生，
結果因為我實在太累恍神，點滴的位置打錯兩次！
幸好他沒生氣，碰到得理不饒人的病患家屬而吃官司的例子超多，
醫療糾紛是很可怕的……
可是醫療品質下降也不能都怪我們啊！我已經快被操死了……
呵呵。
我感受到你那巨大的壓力了。
你呢？博士班好玩嗎？
嗯，我很滿意現在的生活。
哥哥，

你耳朵那個是什麼？
這個叫助聽器，哥哥耳朵不好，所以要靠這個才聽得清楚喔。
為什麼耳朵不好？
因為小時候生病的關係。
喀。
欸彥平，我想到一件事，我小時候超白目的，

小學一二年級時，欺負過班上一個聽障生，
我沒看過助聽器，因為好奇就對著他耳朵大叫，
結果他當場大哭把我嚇傻了。
嗚啊
啊
啊…
那個畫面深深印在我腦海裡，
到現在我還是有一股愧歉感。

我是從那時候開始，
才漸漸學著去體會別人心情的。
如果還能見到他，我會想跟他好好道歉，
但我連他的名字都不記得了。

你真是個混帳啊！連名字都忘記，對他真的有愧歉嗎？
他可能會記恨你一輩子喔！
呃啊——這……記恨我是沒差，他不要留下陰影就好了。

追不上就逃吧！／完。

「追不上就逃吧！」

關於這一篇，我必須先說聲抱歉——在單行本第二集中，敘述彥平過去的時候，把「聽損」誤打成「重聽」。當時還沒有好好了解關於聽損的相關資訊，前置作業不足導致犯下這樣的錯誤，在此對聽損的朋友、無意間冒犯到的所有人，致上最大的歉意。

求學時期我待的是升學班，那時候班上瀰漫著一股競爭氣氛，同學們對教科書上的內容並不真的那麼感興趣，卻還是拚命用功。這樣的心態未必有惡意，卻讓人有種莫名的不舒服。那時候不知道為什麼，現在回頭想想，大概是因為，在文憑至上的教育體系下，大家只能從分數競爭中獲得優越感吧。而之所以只能用分數證明自己，我想是因為還沒找到真正熱愛的事物，沒能純粹享受好好做一件事情的樂趣。

彥平的自尊心極高卻缺乏自信，所以無法消化挫折，碰到逆境會下意識的逃避，轉而追求其它能夠帶給他信心的事物，最後幫助他找回自信的，不是分數或掌聲，而是見晶無條件支持的友情。

關於見晶這個角色，會用晶這個奇怪的字取名字，是因為見晶有很豐富的求知慾，想要看很多東西。最初想把他設定成一個古靈精怪的女生，如此一來和彥平的互動會有些可愛的曖昧情愫，但第三集最後收錄了閃得要命的生日禮物情侶檔，不想一直出現學生情侶，索性把見晶改成男生，但畫完之後還是被說「曖昧感」超濃厚……（皺眉）

初設定構想

●何彥平
- 167cm
- 處女座 A 型
- 沒有特別興趣
- 心思細膩龜毛
- 自尊心高但自卑
- 容易羨慕別人

●蘇見晶
- 175cm
- 雙魚座 B 型
- 熱愛科學
- 樂觀隨興
- 活在自己世界裡的好人（？）

※ 硫氰酸汞燃燒後的化學作用。※ 不會真的有蛇頭與吼叫聲。

LITTLE TH
3

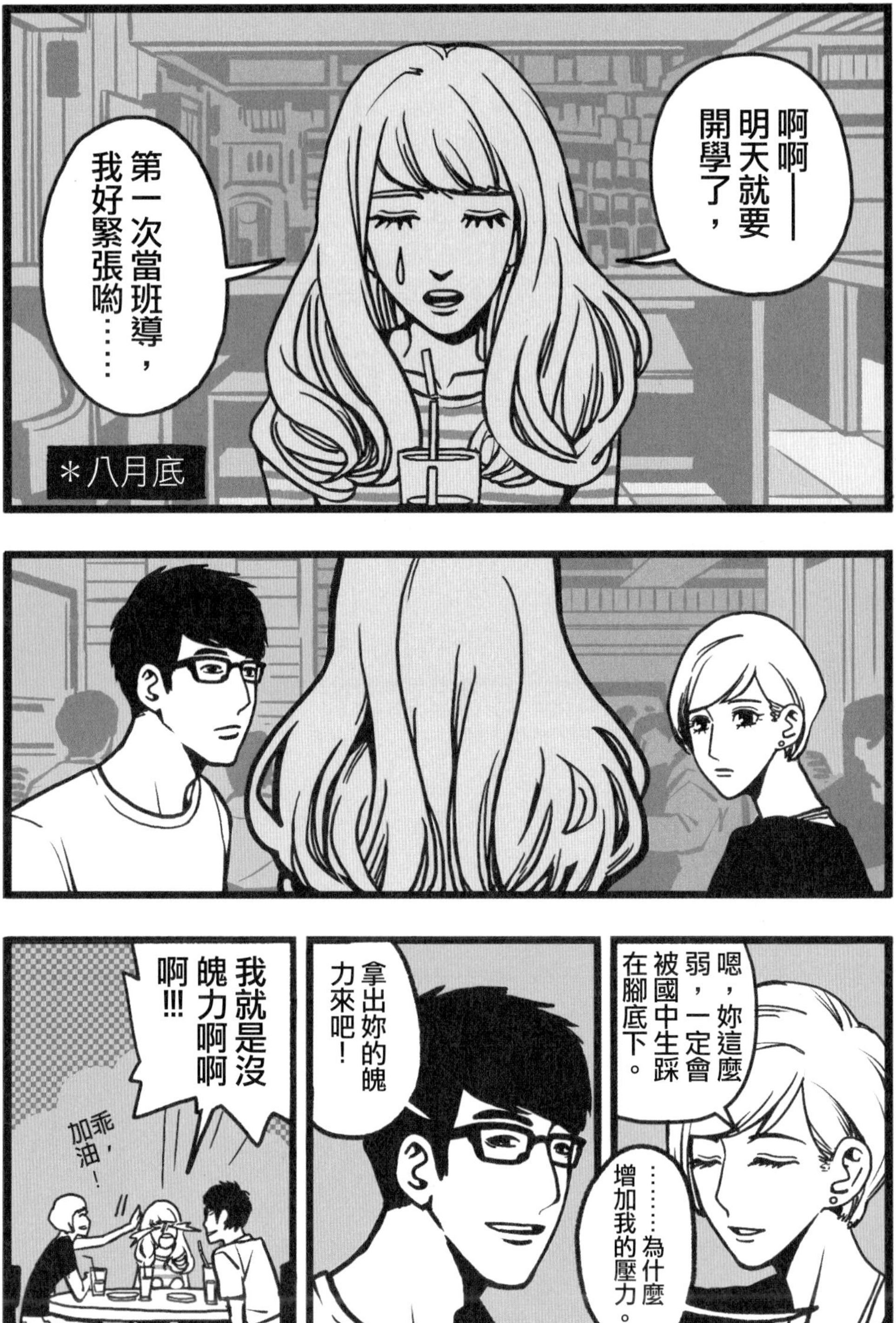
啊啊——明天就要開學了，
第一次當班導，我好緊張喲……
＊八月底
嗯，妳這麼弱，一定會被國中生踩在腳底下。
……為什麼增加我的壓力。
拿出妳的魄力來吧！
我就是沒魄力啊啊啊!!!
乖，加油！

楊子妤
一年2班
這是我的名字。
「失職的老師」
未來三年，我將擔任你們的班導，
有什麼問題都可以來和老師商量喔！
緊張
不要緊張！

老師妳幾歲？
……祕密。
老師妳有男朋友嗎？
哈哈
蛤？
老師，那妳有幾個小孩？
哈哈哈哈哈哈
……

不出所料，沒禮貌又失控的國中生們。（嘆氣）

不論如何，想當一個稱職的教育人士，就應該面面俱到的
照顧好全班每位性格不同的孩子。
不能只關心學生們課業上的表現，
還得了解他們的心理狀態，才能正確的扶持成長。

班上有一些可愛的女孩子，
老師，這是家政課做的餅乾，請妳吃！
一些調皮的男孩子，
哈哈哈哈哈哈
非常文靜的
以及
叛逆的，
你都不讀書，將來要做什麼？
我爸有錢啊。
還有……
冠霖，為什麼老是沒寫作業？
課本弄丟了。
……讓人沒輒的。

子妤，
妳們班的
小鬼們好帶嗎？
還好，
你呢？
唉……麻煩死了！
我們班昨天有人
打架鬧事，
死小孩這麼囂
張，卻又規定
不能體罰。
體罰的目的就是要
鎮壓他們的傲氣，
明白做錯事情是要
付出代價啊！
那些禁止體罰的國
家都有完善的配套
制度，像是去做社
區服務之類的……
反觀我們臺灣，
學國外體制只學
個半套，
零體罰配上過
度保護小孩的
父母，
叩！
!?
只會教育出
更無法無天
的孩子！

唉……算了，我們還是明哲保身，領薪水工作就好！要是被家長找上門就麻煩了！
哈哈！
白痴。
冠霖，你又沒寫作業？
……課本不見了。
你上次也搞丟，到底怎麼回事？太誇張了吧！
再去找找！不然就再買一本新的！
……嗯。
妳呢？

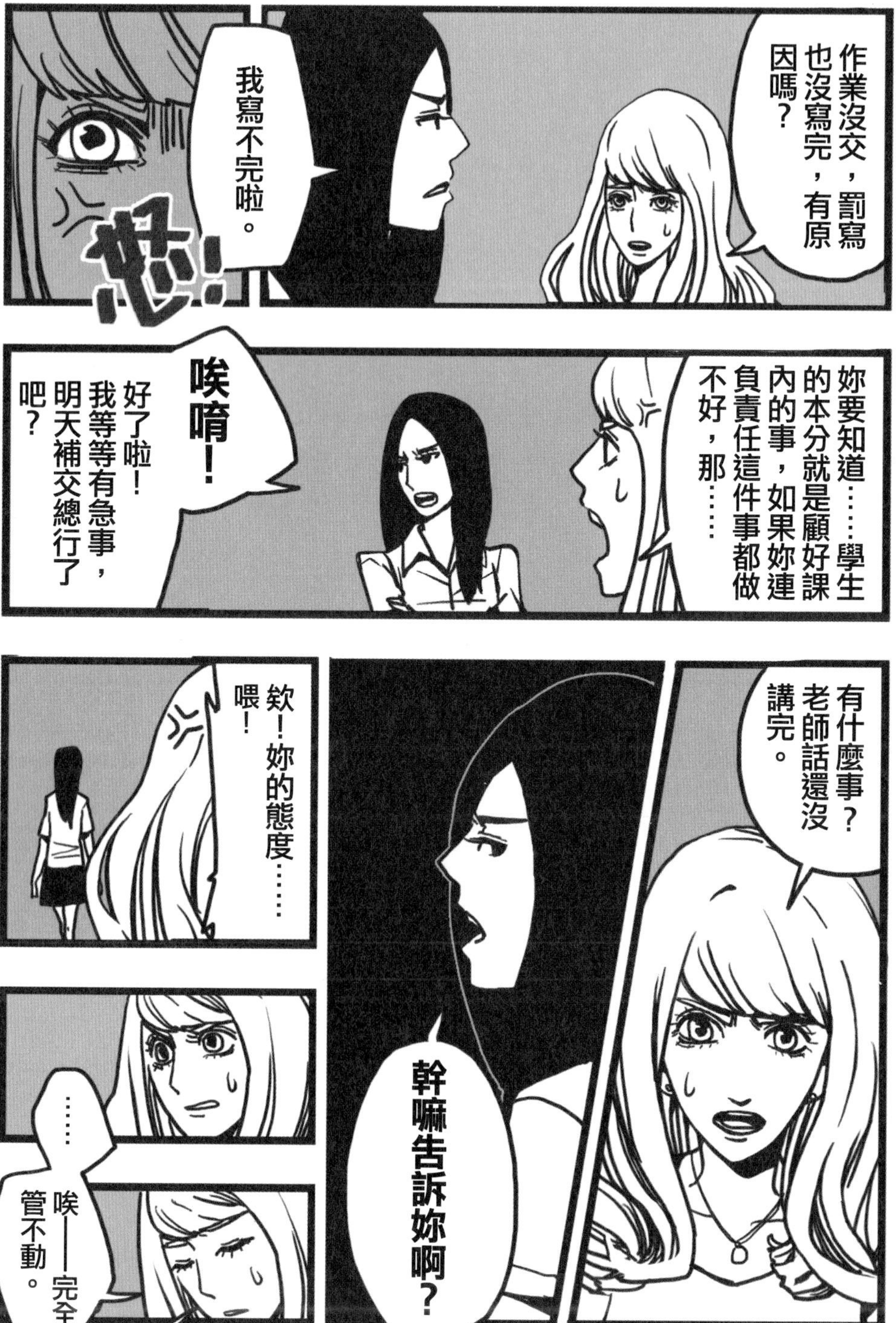
作業沒交，罰寫也沒寫完，有原因嗎？
我寫不完啦。
妳要知道……學生的本分就是顧好課內的事，如果妳連負責任這件事都做不好，那……
唉唷！
好了啦！我等等有急事，明天補交總行了吧？
有什麼事？老師話還沒講完。
幹嘛告訴妳啊？
欸！妳的態度……喂！
……
唉——完全管不動。

楊子妤又找我碴啦，煩死了靠！
阿就妳嫩啊！
哈哈哈！
欸胖子，
我幫你把課本找回來，但你要幫我們寫作業，如何？
……
快答應啊！肥仔！
唔……嗯。
在——這啦！拿去！
我的加上罰寫明天要交喔！
我的也順便啦！
哈哈哈！
謝謝你喔帥哥。

噁心
幹
又喝得醉醺醺？說你去哪啊？
老闆找我應酬，不能不去吧？

……
喀
……
……
……
……
怎麼啦？
我好無力……其實大部分的同學是可愛的，但就是有幾個特別讓人頭痛。
到底是現在小孩太難教，還是我不適合當老師呢……

其實我覺得講道理未必有用。
若真的管不動，可以乾脆忽視他，或者就更兇一點，小孩才會怕……妳太柔弱了。
小岑，如果我把頭髮剪得跟妳一樣短，會不會看起來比較兇？
那要更短唷，來我幫妳剃。
嘰嘰
等等!!哪來的推剪啊!?
是要我去當兵嗎？
嗨～
啊，阿宏你來啦！
掰掰！

零體罰只會教育出更無法無天的孩子。
或者就更兇一點……
作業又沒寫！你們是存心作對就是了？
擺爛擺得徹底，明天乾脆不要來學校了啊！
……
……

馬的楊子妤今天不知道在兇沙小啦！
淦！都是死胖子居然只寫了自己的！耍我們！
磅!!!
啊，
我想到要怎麼做了！
隔天
議論紛紛
!?

幹
欸！胖子早啊，
過來，我們有話跟你說。

等等楊子妤看到黑板上的東西鐵定發飆，
你就幫個忙，說是你畫的！
!?
我……不要，又不是我做的。
你一定要這樣說，因為……
抓！
!!!
你前天答應幫我們寫作業，結果呢？
……很卑鄙吶，
暗算我們很爽嗎？啊？
食言而肥，難怪胖成這樣哈哈！
呼……呼……
如果你再陷害我們一次，絕對殺了你！
你好帥喔。
哼哼！
咳
咳

說吧，是誰做的？
……
沒人要承認是嗎？
老師！我昨天放學看到了，是陳冠霖做的！
!!
陳冠霖？
……
是你嗎？

嘻
點頭
……去把黑板清乾淨，其他人打開課本，我們開始上課。
冠霖，你下課後來辦公室找我。
上次講到第八課……

為什麼要這樣做？
……
你說話啊，有什麼苦衷？這次的惡作劇真的太超過了！你知道嗎？
……
如果你什麼都不說……
那我只好和你父母聯絡了。

你……
你要去哪裡？
躂
躂
!?
喔喔～胖子和楊子妤怎麼了？
快跟去。
看他要幹嘛？
我要開實況錄影給我朋友看！
冠霖！老師在和你說話，站住……
……!?

冠霖，你等一下……
……我的天啊，這是老天給我的考驗嗎？
不要衝動……
真的假的啦！那個胖子想跳樓喔？
他……應該不敢跳吧！
等等，我剛剛的錄影實況標題打……
「老師一路追趕到逼學生去跳樓」耶！
靠你還真的猜對了!?
快關掉啦白痴！
媽啊這什麼跳樓實況
事情沒有那麼嚴重，下來老師這裡，我們慢慢聊好不好？
我……

討厭你們。

唔呃!!!
快來幫忙啊
你們!
嗚啊啊啊啊啊…

費了一番苦心，總算了解了事情的真相，
但安撫好小孩的情緒之後……
妳這算什麼老師？逼我孩子去跳樓!?
還讓這種影片在網路上面流傳？
妳要我兒子以後怎麼面對人!?
陳媽媽抱歉，因為當時冠霖說是他做的……
沒有了解實情就懲罰小孩，妳知道這樣他會留下多大的陰影嗎？
沒有腦袋！
妳這個失職的老師!!!

老師一路追趕到逼學生去跳樓
這老師瘋了嗎，
實況被網友錄了下來，並在臉書迅速轉貼分享，
於是記者找上門來採訪，
事情鬧得很大……最後冠霖就轉學了。
雖然我知道不單是妳的問題……但妳也有失職的地方，
光是那個影片真的夠難看了。
唉……學校名譽都被妳毀啦。
風波還未平息之前，在家休息避避風頭吧？
校長
妳還有一些假可以請吧？這陣子先不要來學校了！
……是。

我以為盡力的去
處理每一件事情，
就能夠面面俱到的
當個稱職的老師，

但現實的殘酷往往把努力
付之一炬。
是吧？

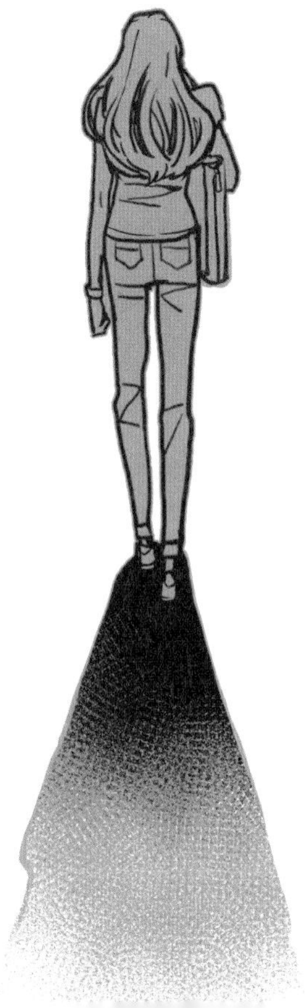

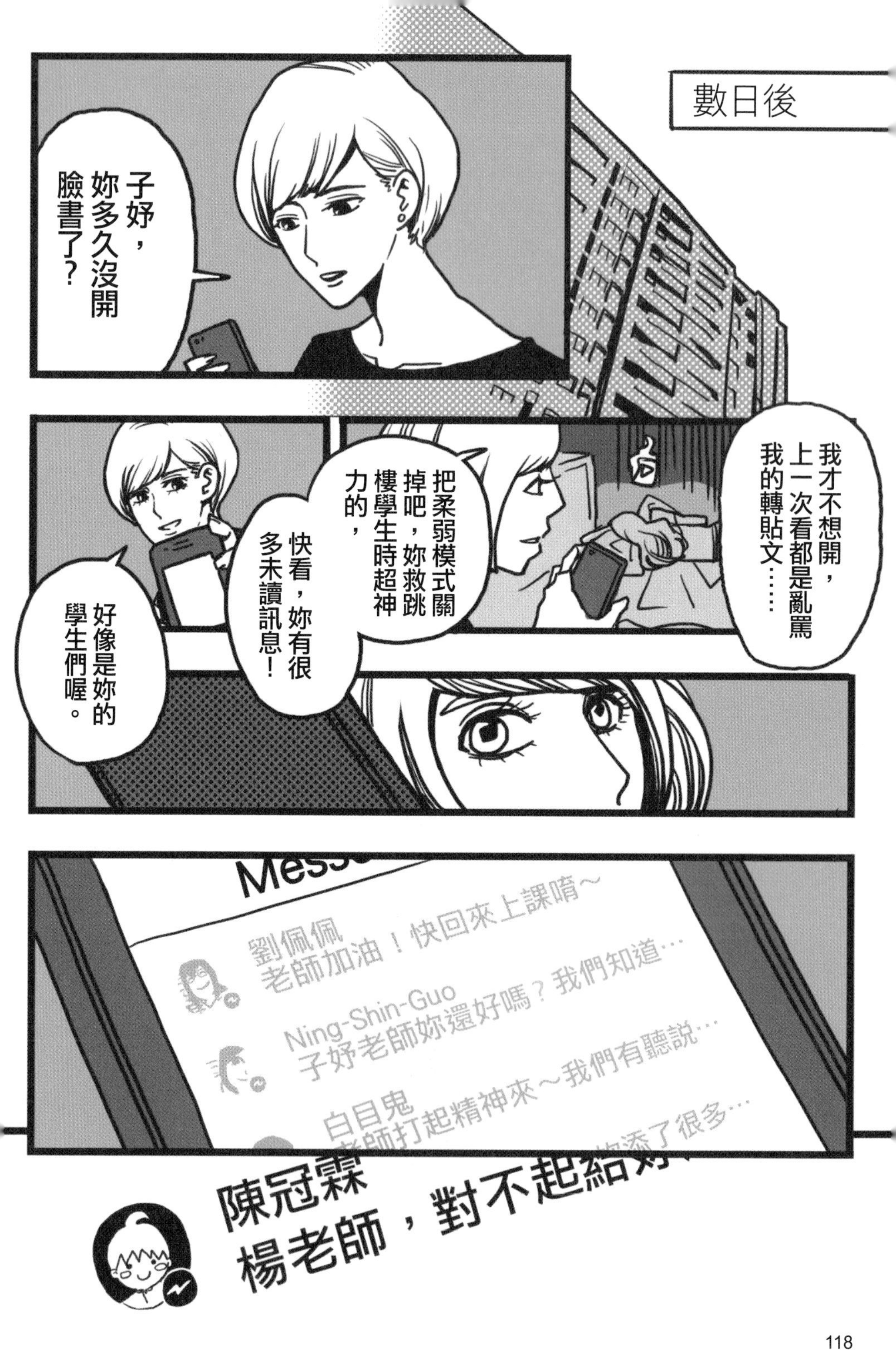
數日後
子妤，妳多久沒開臉書了？
我才不想開，上一次看都是亂罵我的轉貼文……
把柔弱模式關掉吧，妳救跳樓學生時超神力的，
快看，妳有很多未讀訊息！
好像是妳的學生們喔。
劉佩佩
老師加油！快回來上課唷～
Ning-Shin-Guo
子妤老師妳還好嗎？我們知道…
白目鬼
老師打起精神來～我們有聽說…
陳冠霖
楊老師，對不起給

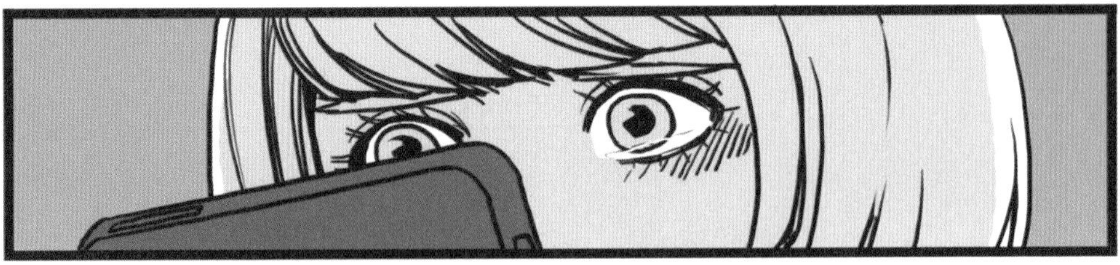

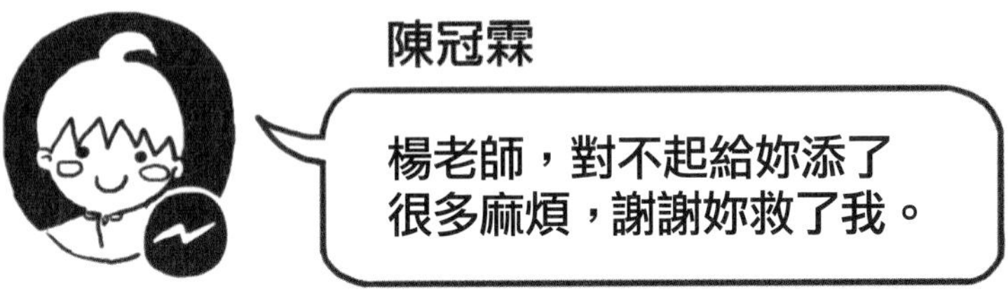
陳冠霖
楊老師，對不起給妳添了
很多麻煩，謝謝妳救了我。

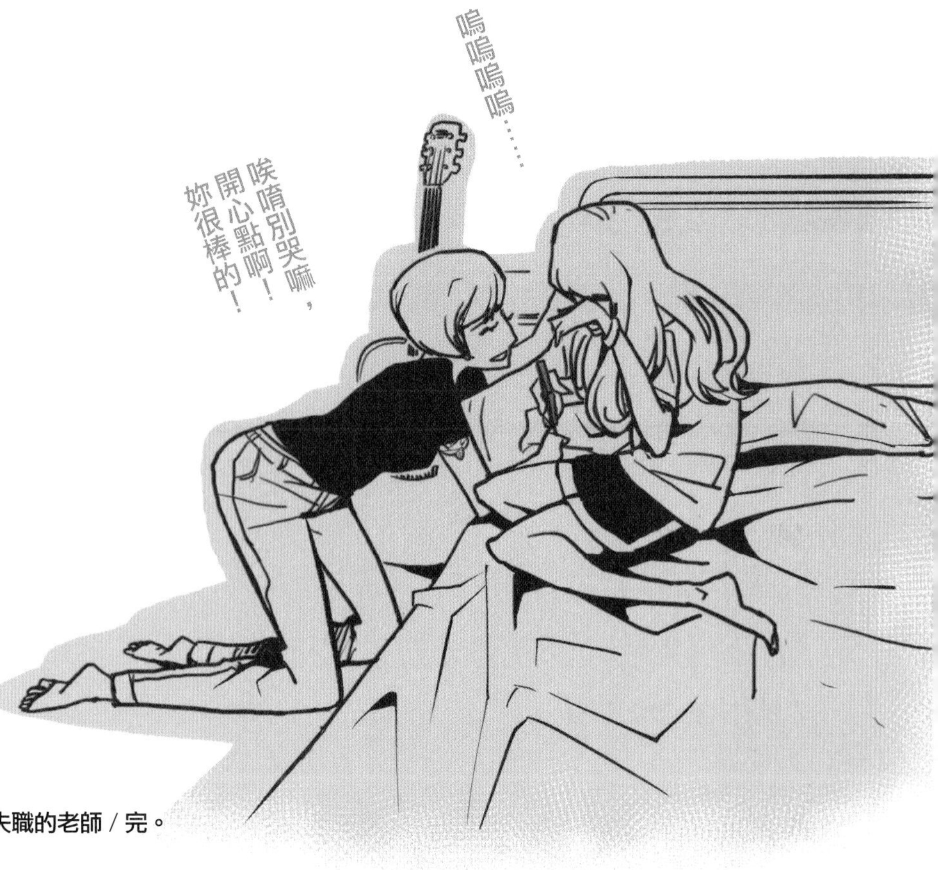
嗚嗚嗚嗚……
唉唷別哭嘛，
開心點啊！
妳很棒的！

失職的老師／完。

「失職的老師」

曾經看過一則新聞，有位老師在打了學生一巴掌後被告上法庭，法官判他必須賠償學生六十萬。看到這則報導時，我第一個想法是——可是我小時候每堂課都有同學被老師體罰耶？

原來在不知不覺中，臺灣已進入零體罰的時代，這令我感到好奇，沒有懲罰，要如何約束學生失序的行為呢？若學生囂張跋扈，再加上當今少子化的衝擊，許多家長過度保護孩子，校方害怕招不到學生，老師必須雙方討好，於是漸漸居於弱勢……種種現象指出，教職工作越來越像服務業。

如今，校園霸凌、網路霸凌的事件層出不窮，而故事裡經驗不足的年輕菜鳥老師被派去擔任最辛苦的班導，這件事本身也算是一種職場霸凌吧？

我要謝謝我的老師朋友提供教職界的八卦二三事，才能畫出這篇故事。

此外，這篇故事在網路粉絲專頁發布之後，緊接著出版了一本隱藏版小冊子，名叫《頭號粉絲》，內容是子妤老師和好友彥岑之間的同性曖昧情誼。不過因為是限定的，所以沒有收錄到單行本裡，也不會在其他地方公開發表，當時有買到《頭號粉絲》的朋友們，就這樣一起把她們的祕密石沉大海吧！

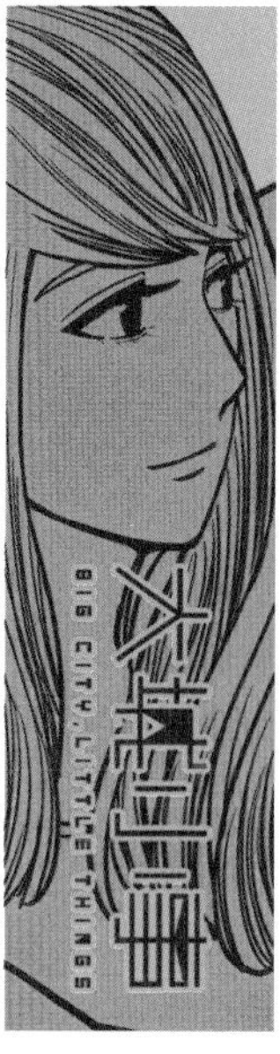

話說回來，居然可以抓住那種噸位的學生……
妳的力氣怎麼這麼大？
外表完全看不出來
喔，因為……
我家是開牛排館的，從小就在店裡幫忙。
歡迎光臨!!
喔？所以常端東西練臂力？可是也不至於……
忙的時候要這樣端。
借過借過。
呵呵，不好意思
等等，妳有點厲害！可是看起來好危險啊！
以前還去屠宰場打工，
搬一頭牛對我來說都不是問題……
哞
騙人的吧!?

COMIC

阿宏，在上海工作還適應嗎？
還不錯啊！
大閘蟹欸，我在上海也常吃。
終於看到你女朋友了，好正喔！
而且是老師好優秀！
欸那妳知道阿宏小時候超愛哭的嗎？
蛤？
哈哈真的嗎？
真的，都是超人在罩他喔。
喂喂！
回想那時候啊……
郝超仁（本名）
小涵

「時空膠囊」

阿宏還好嗎？
拍拍。
嗚啊啊啊～
沒事了、沒事了。
這樣。超弱
哈哈
……
我們三個是住同一條街的鄰居，也是國小同學，
唷！你們要去哪裡玩啊？
超人爸爸好，我們要去阿宏家打電動！
是童年玩伴。
阿宏、超人，我們來寫長大之後的願望吧！
？
因為我們都是10月生，所以……

我3日、阿宏5日、超人10日，
所以拼起來是103年5月10日。
103/5/10
我們把願望放到瓶子裡，埋到幼稚園的土堆中，到那一天再打開來看吧！
好久喔！
在算自己到時後幾歲。
小時候大家單純的玩在一塊，沒有太大差別，
我要買一臺飛機！
我想要美少女戰士的貼紙！
但隨著年齡增長，

家境優劣漸漸顯露在他們身上，生活環境和習慣差異也越來越大。
小涵家境小康，衣食無慮，但不到榮華富貴，生活能省則省。
阿宏則是富家子弟，身家財產上億。年紀輕輕有房有車，在父親的安排下到上海上班且領高薪，
還有個漂亮女友，是人生勝利組。
至於超人，因為父親嗜賭欠了一屁股債未還完，
只好輟學四處打零工分擔家計。
名下沒有財產，更別提在臺灣狂炒房價的時代買房。

雖然各自的生活圈不同，但成年後他們仍珍惜這段純樸的友情。
買單。
阿宏老是讓你請，真是過意不去，下次換我們請你吃好料吧？
哈不要客氣啊，偶爾而已嘛！
……
我老公來了。
掰掰啦，阿宏！下次再回來找我們喔！
……
超人，她老公怎麼越來越……
……嗯

唧…
唧…

嗨！
欸，我不是說要帶你們來上海玩嗎，快安排一下時間吧？
哈哈我是很想啦，但超人就不肯讓你破費啊。
咦？他不在啊？沒去妳家泡茶？
對啊，他……碰到一些問題。
什麼問題？
唔……他不想讓別人知道，
但他碰到的事情需要一大筆錢，就算他四處湊，拿東西去當，金額還是差很遠。
還欠多少？我給！

我想之後他會願意親口告訴你發生什麼事。不過他不想和你借錢，所以你別和他說，我晚點給你帳號你直接匯給他吧。
……他為何對我這麼見外？
應該不是見外吧……我覺得他有他的理由。

……媽，
如果我們家更有錢一點就好了。
你說什麼？
不……沒什麼。
醫生，我爸情況如何？
郝先生，老實說……我們並不保證手術一定能成功。
可是……我絕對會籌足錢的，拜託你！

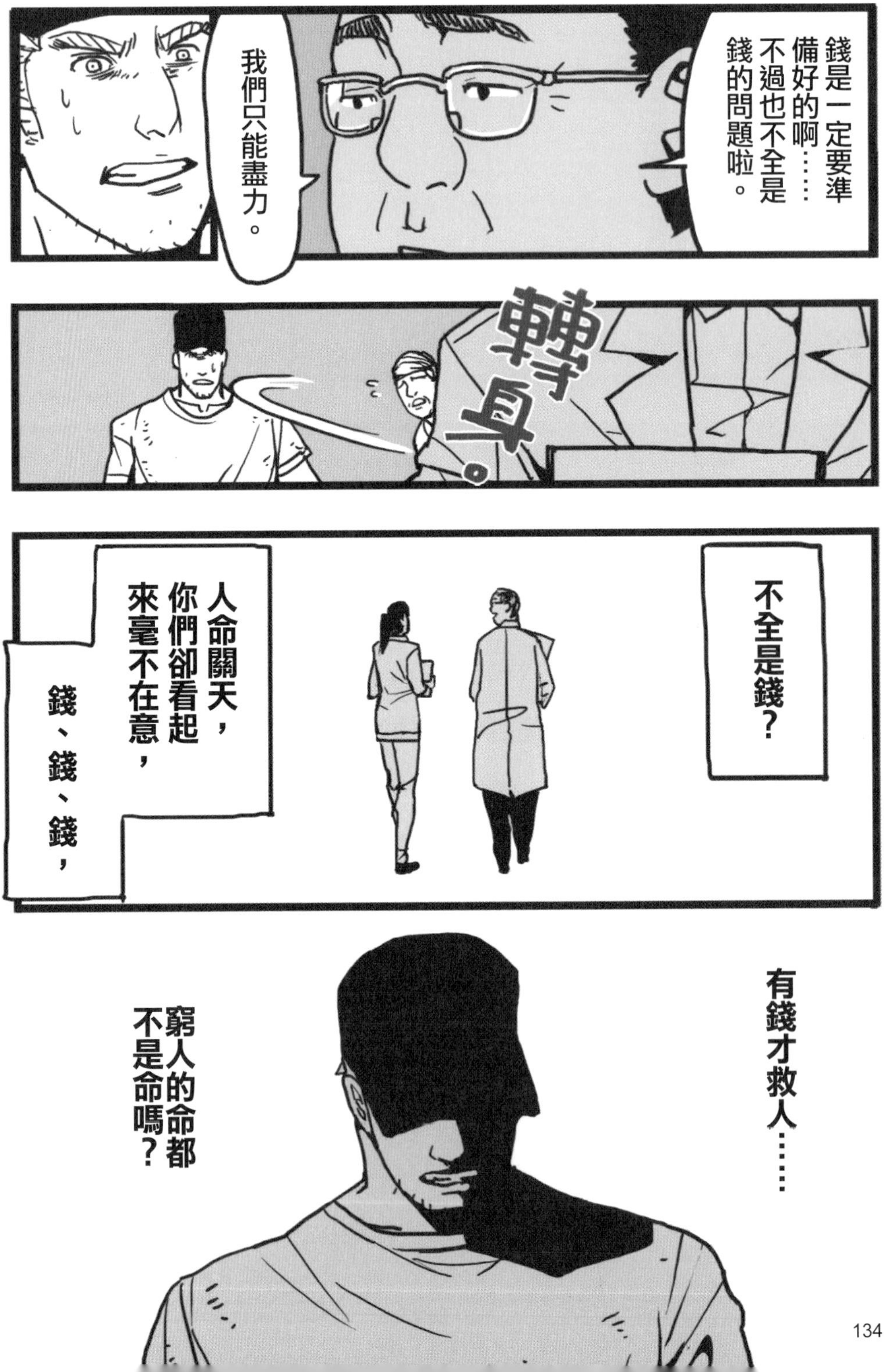
錢是一定要準備好的啊……不過也不全是錢的問題啦。
我們只能盡力。
轉身。
不全是錢？
人命關天，你們卻看起來毫不在意，
錢、錢、錢，
有錢才救人……
窮人的命都不是命嗎？

阿宏，我們收到零食了，不過……
你也寄太多了吧！
哈哈，放著慢慢吃啊，送人也行，這很適合當下酒菜。
對了，我收到你的錢了。
夠用嗎？不夠我再給你。
……這些錢，我不需要，謝啦。
我已經湊齊了，所以我會把錢匯回去還你。
……那，反正我都匯了，你留著用吧，
以後手頭寬鬆點再還我就好。
我明天就還。

欸，超人，你到底在急用什麼錢？
這麼神祕，是要籌備結婚基金喔？
早說啊！多少我都借你！
阿宏……不是啦！

瞧不起小錢啊？
所以我說我不要你的錢！
超人！
……他覺得我在炫富？

我只是希望，
能夠幫助你啊……
阿宏，
你 5 月 10 日
有空嗎？
有沒有可能
回臺灣？
登登
不會，
怎麼啦？
超人他……
等等，
沒事了。
什麼啊???

103/5/10
5月10日？
對喔。
欸小涵！我想起來了啦！
今天要去幼稚園打開那個瓶子，妳上次問今天有沒有空，就是再說這件事吧？我記得喔！
什麼？
啊……不是啦。
不過，我們埋瓶子的幼稚園被拆了。

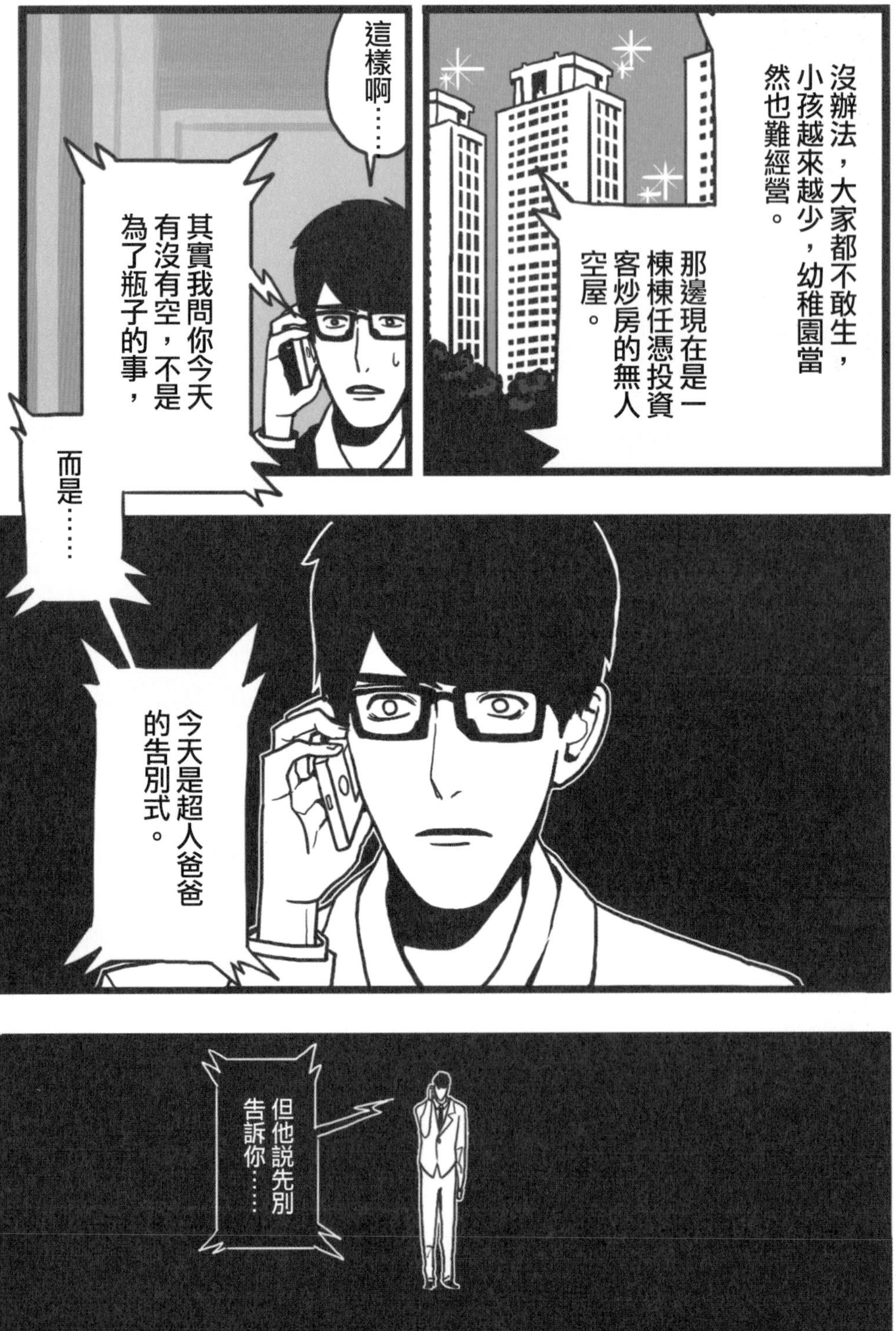
沒辦法，大家都不敢生，小孩越來越少，幼稚園當然也難經營。
那邊現在是一棟棟任憑投資客炒房的無人空屋。
這樣啊……
其實我問你今天有沒有空，不是為了瓶子的事，
而是……
今天是超人爸爸的告別式。
但他說先別告訴你……

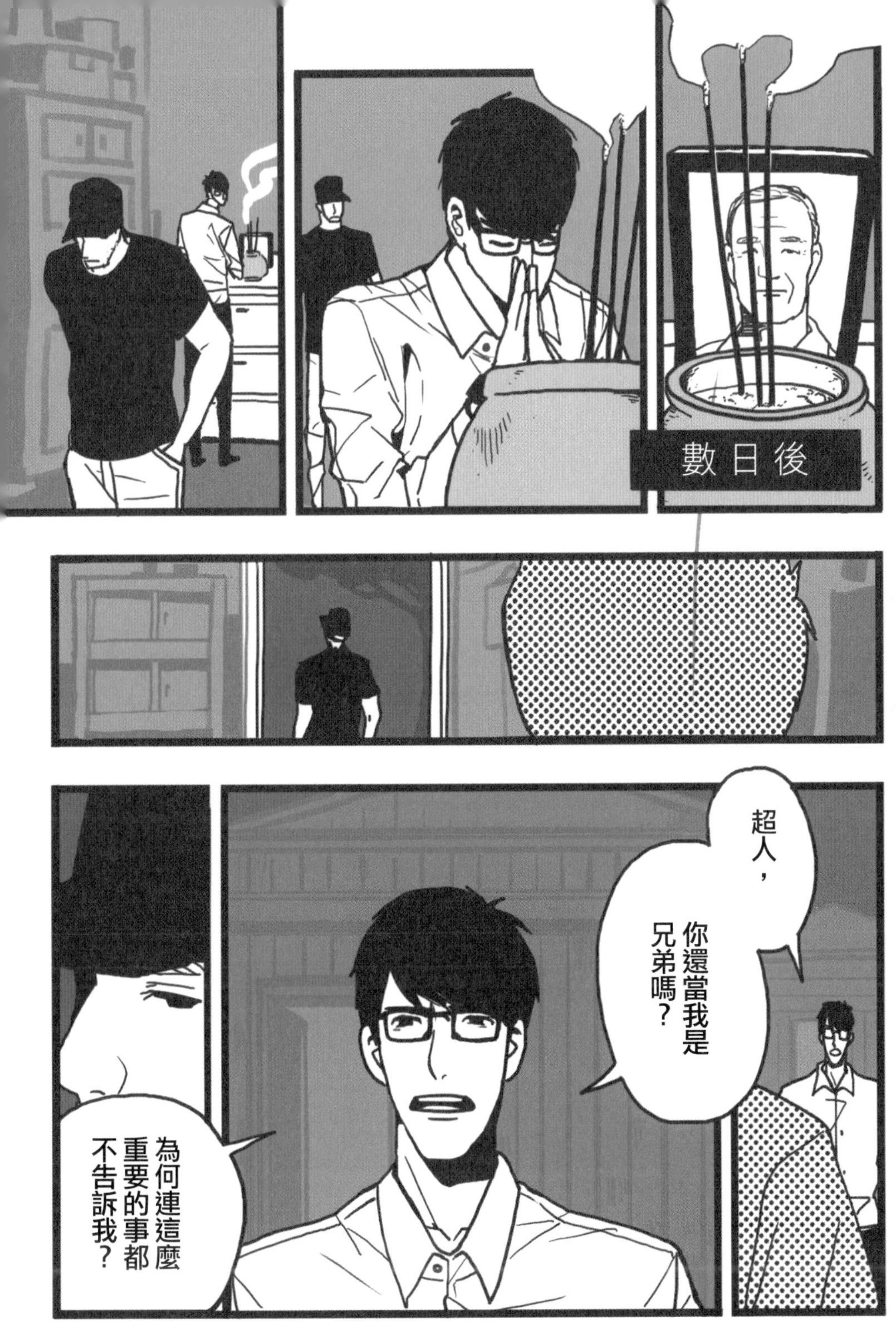
數日後
超人，你還當我是兄弟嗎？
為何連這麼重要的事都不告訴我？

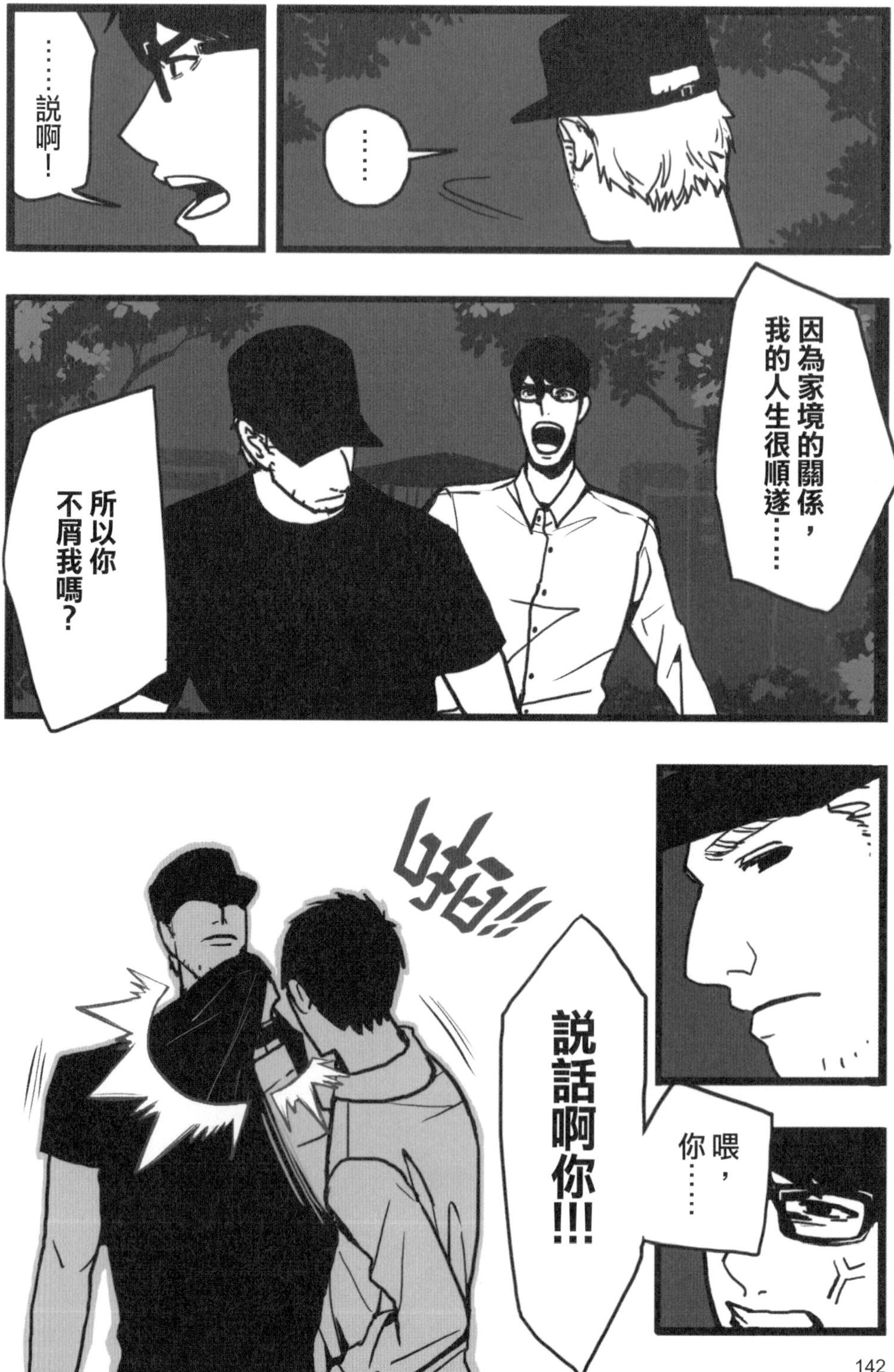
……
……說啊！
因為家境的關係，我的人生很順遂……
所以你不屑我嗎？
喂，你……
說話啊你!!!
啪!!

什麼啊？
我才他媽的覺得你看不起我耶？
過得這麼爽，你現在到底有什麼不滿的？
怒!!

呯!!
靠
不滿?我當然不滿啊!
我……
呯!!

不爽你把我當外人看啦……
喂喂！你們在幹嘛啊？
驚!!

阿宏……
你過得很順遂，其實我很替你開心。
但我一直覺得錢……這個話題太沉重，
它似乎無情的將人們區分成貴賤。
我很氣，氣自己不管再怎麼努力打拚，
也無能為力。

但……正當我以為錢是最重要的事情時……
才發現，其實不管有再多的錢，
都救不回我爸啊。

我知道你對我是一片好意……
還遷怒於你，真的很抱歉。
……你們沒事嗎？
沒事！
哈哈
真不懂你們到底是怎樣，
好啦，快來看我找到了什麼。
哈哈哈
雖然幼稚園已經拆了，不過其實……

在動工之前，我就偷偷把瓶子拿出來了！
喔喔？
哇！真有妳的！快開快開！
我要當新娘子。
小涵
喔喔妳已經實現了耶！
真的耶，哈哈哈！
但老公走針了。
成為世界第一的賽車手！
超仁
F1嗎？
……四驅車吧。
哈哈哈哈哈哈！
阿宏呢？寫了什麼？

我們要
一起保護
地球！阿宏
我完全不記得畫過這種東西啊！
我以前根本是天才吧？
哈哈哈！什麼啊？
你好可愛喔！也畫得太好了吧？

時空膠囊／完。

「時空膠囊」

雖然在設定這篇的人物背景時，牽涉了許多沉重的議題，像是炒房、借錢、喪父、家庭債務等，但全部都只有草草帶過，因為這回想畫很純樸的故事。

這篇的主角之一，富家子弟阿宏，其實是一位很講義氣的人，他了解超人的家境窘迫，也知道自己的先天優勢，於是盡可能將資源分享給朋友，那是他友好的表現。然而不論狀況為何，談錢容易傷感情，兩人的生長環境天差地遠，所以價值觀有落差，再加上阿宏說話不經大腦，導致他的善意被超人曲解成同情，同情使人感到自尊被踐踏，自卑心使然，超人開始對阿宏保持距離。當善意被誤會，需要的是更多的溝通和理解，幸好他們雙腳站在牢固的友情地基上，才能了無心結的走過這場事件。

想特別一提的是，超人在醫院和醫生的對談，那段內心對白是超人成長經歷所造成的偏差仇富心態，漫畫本身並沒有攻擊醫療人員的意思，如有誤解敬請海涵。

最後一頁阿宏畫的是什麼？那是我小時候很喜歡的日本卡通，主角是一群小學五年級的學生，他們的教室會變成大型機器人的指揮室，全班駕駛那些機器人保護地球和平……嗯，如果你知道我說的是哪一部，代表我們是同一個世代的（握手）。

BIG CITY LITTLE THINGS

3

嗚喔喔喔!!!
超！帥的啊！
校隊球員
艾雯
校隊球員
小詹

「生日禮物〔上〕」

我的球鞋……
壞了！！
啪
教練我……
妳去旁邊休息吧！
看來在買新球鞋之前，都不能練球了吧。
只能在旁邊運球。
妳跟妳媽說球鞋壞了，請她買一雙新的啊。

……我有看到一雙很想要的球鞋，但它太貴了。
妳下個月生日吧，說當生日禮物呢？
我爸媽從來不買生日禮物給我的。
那怎辦？
決定了!!!
我要買到那雙鞋子送她！

她穿上一定會很適合，
一定會笑得很開心！
小詹！謝謝你！
欸你回神啊！
砰!!
於是我——

媽，我可不可以預支一年的零用錢？
別想！
歡迎參考看看喔！
不了。
詹同學上課不准睡覺！
砰
哈哈
哈哈
颱風天叫什麼外送啊！
咻—!!
這些人都不懂得體諒服務業員工的安危嗎!?
颯—!!
沒關係
我去！

這新來的怎麼這麼熱血？
砰!!
啊！
怎麼會傷成這樣？
那個……有點忙，
……
但不是什麼大事啦，我之後會告訴妳！
不想說也沒關係，

我對你有信心，相信不管什麼事，
你一定都能做得很好！
加油喔！
我一直不敢告訴妳，其實……
妳就像我的太陽，閃耀又溫暖。
只要看到妳的笑容，
就讓我全身充滿能量，
再辛苦都不覺得累！

喜歡上妳之後
我才漸漸發現，
原來奉獻和付出
是最快樂的事情，
大槍
運動用品
所以我——
謝謝惠顧！
一定會盡全力去
實現妳的願望！

艾雯生日當天
小詹！
哈囉！
艾雯，我跟妳說……
你看！
我的生日禮物！

……
……嗯？妳爸媽買給妳了？
我姑姑從美國回來，她説可以讓我挑一份生日禮物！

算了，沒關係……
只要妳開心，
你怎麼流淚了？
我的心意有沒有傳達……都只是小事情！
眼睛過敏。
咦？
US 9.5
9號半？妳的腳哪有這麼大？
這是給你的。

因為……我看你最近累到不行，
但你不說我也幫不上忙，
所以至少……
可以用這雙鞋幫你打打氣，
記得你說過很想要對吧？

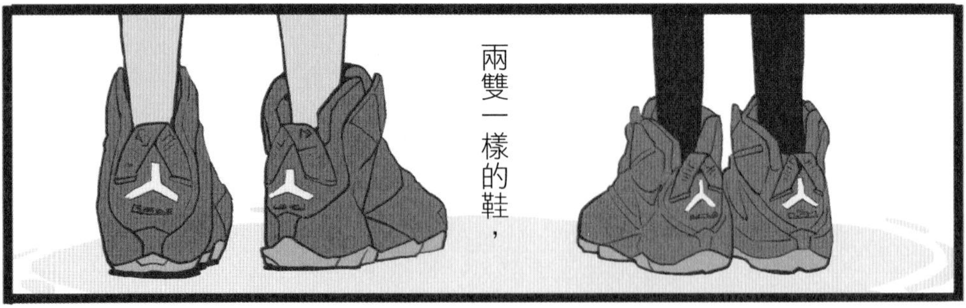
兩雙一樣的鞋，

就這樣成為
我們的起點。
球鞋戰鬥力十足的外表
像是告訴我們，
無論一路上遇到什麼難關，
我們都能用它
用力的跨過，

一起勇往直前！

欸你知道有習俗說
不能送鞋嗎？
咦？真的嗎？
為什麼？

生日禮物〔上〕/完。

✲名字參考詹姆斯 Lebron James.
✲名字參考厄文kyrie.Andrew.Irving.
小詹(16)
CAVS 23
CAVS 2
艾雯(16)
165cm
160cm
✲笨拙
愛逞強
易緊張
✲溫柔
正能量
啊——!!
✲2人都因為體型瘦小,在校隊裡打控球後衛,沒事就去練三分球or看NBA。
✲5/5生.金牛座
✲單純善良
✲9/22生.處女座.
✲搞不好是腹黑.
✲畫完才想到9月生日時應該還是夏裝,一不小心就畫成冬裝了...囧!!
✲球鞋參考了Lebron 12,選這雙的理由是彩色鞋底,很炫,但發現根本沒有鞋底的鏡頭可以畫...。

BIG CITY
LITTLE TH
3

艾雯，
明天有空嗎？
早上一起去吃早餐、投投籃好不好？
好啊——
八點約在早餐店門口？
OK。
那妳早點休息，
晚安，
北……北北北北北鼻!!
怦怦!!
怦怦!!
↑自己講自己害羞。

嗯，晚安，哈尼❤
怦!!
呵呵!!!

「生日禮物〔下〕」

我一定是這世界上最幸福的人!!
嗚喔喔喔喔喔!!
喔喔哇哇哇!!
姊
小子明天要去約會喔？
那要穿得帥一點才行喔！
吵死了！熱戀期的小白痴！不要擋路，走開！
噗哇！
啪!

嘣!嘣!
不要再踢啦!
怎樣?我爽!
媽!!
這麼大聲,幹嘛?
你有沒有看到我的球鞋?
喔,我昨天晚上丟了。
!?

什麼!!
那雙鞋子你天天穿，又髒又舊又臭，都磨破了！
這樣女生不會喜歡你喔——
媽媽妳這大笨蛋!! 為什麼不先問我??
你今天不是要出門嗎？去買一雙新的吧！
給你錢買新的還兇！

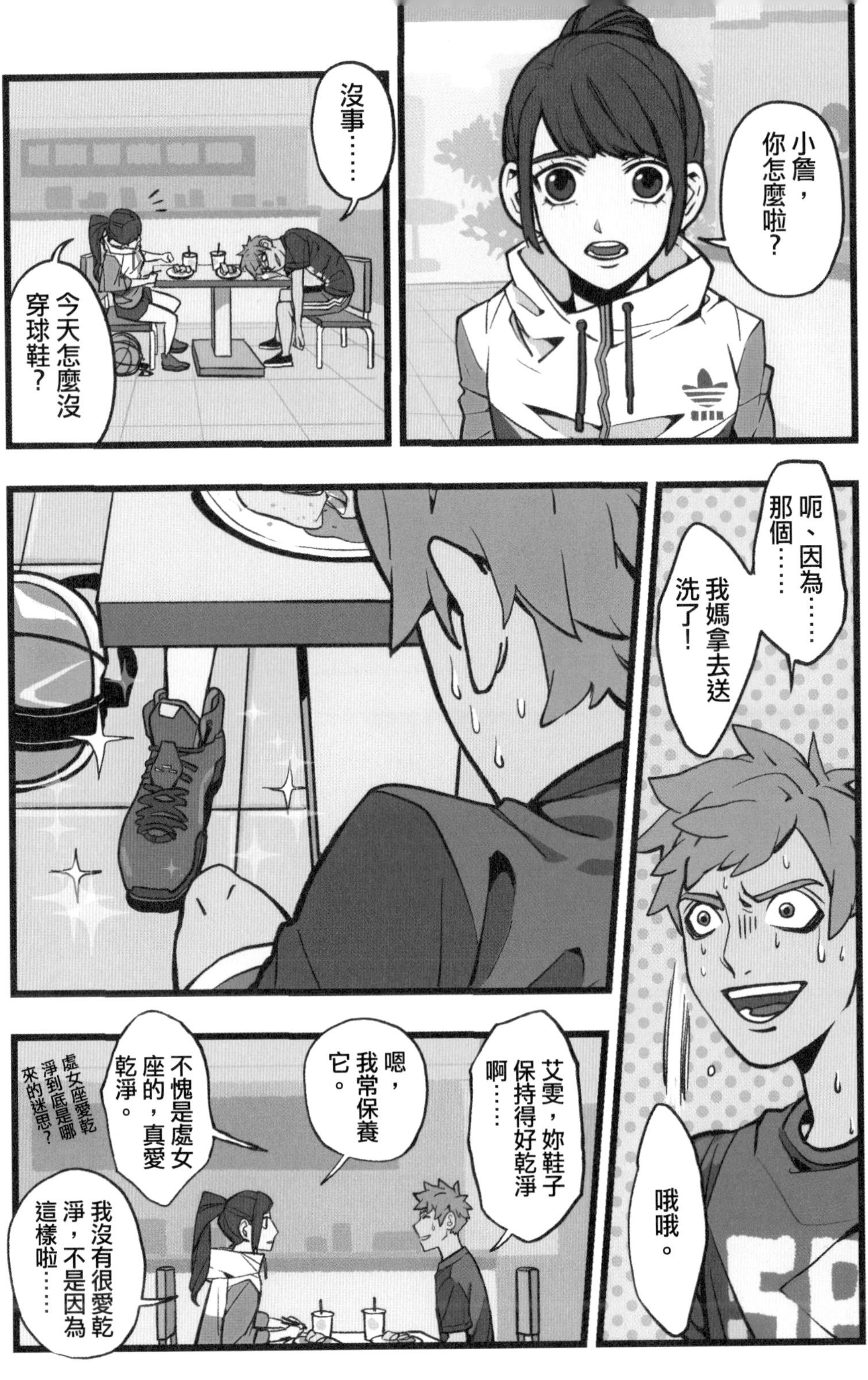
小詹，你怎麼啦？
沒事……
今天怎麼沒穿球鞋？
呃、因為……那個……
我媽拿去送洗了！
哦哦。
艾雯，妳鞋子保持得好乾淨啊……
嗯，我常保養它。
不愧是處女座的，真愛乾淨。
處女座愛乾淨到底是哪來的迷思？
我沒有很愛乾淨，不是因為這樣啦……

因為是你送給我的，所以我想好好愛惜。
你哭什麼啊？
嗚……
我、我、我沒用……
不，我只是太感動了而已……
絕對不能讓她知道!!
？
回收
請問——

昨晚的垃圾被處理掉了嗎？
滿——滿。
都在這了。
丟！丟！
少年仔，你這樣我們很困擾捏！
……不然就買新的吧。
那雙已經過季了，你可能要去outlet找。

沒貨了喔。
網拍有！而且好便宜！
姊幫我下標這雙！
我不會用網拍……
不會自己買喔？
這種價格一看就知道是假貨。
自己下標，
我不想做助長盜版的行為。
拜託啦！我不想被艾雯知道！
呵，
如果連這種芝麻蒜皮的小問題都無法坦誠相對，
你們的感情也太膚淺了吧？
掰囉！
姊——！！

您好，這件商品不需要下標喔，直接匯款給我就行了。
喔喔 原來如此
已讀
我匯款了。
已讀
有收到嗎？
已讀
在嗎？
你被詐騙了，笨蛋！
什麼!?
哈哈
哈哈
躂
二手！
請問你穿幾號？

小詹，
你是不是把鞋子弄壞了？
原來是這樣啊。
對不起……
那也沒辦法，
沒關係啦，
別再道歉了啦！
對不起
嗚啊啊…

我小時候住在臺南，
有一個很好的朋友，
有次生日她送了一顆籃球給我。
我很高興，
天天都帶著那顆球東奔西跑。
但是有天，我們大吵了一架，
從那天開始，我們就不再說話
同時——
我也不再帶球出門。

不久後，我搬家了，
她突然出現在路上。
我們和好好不好？
之後，那顆球又開始和我形影不離。
CHICAGO BULLS
我發現——

有時候會覺得，物品這麼重要，是因為有人賦予了它某些感情，
所以只要感情不變，
不管物品最後壞了、丟了……
那份價值依然會一直守護我們。

像這樣的記憶
只要人沒有離開，就能繼續創造。

生日禮物〔下〕／完。

「生日禮物」

上篇是我在二〇一五年參加手機漫畫comico比賽的得獎作品。當初是抱著參加比賽的心情去發想這篇故事，所以直覺上想要擺脫以往愁雲慘霧的劇情風格，畫一篇讓人看完會感到溫暖滿足的漫畫，剛好又逢情人節，就決定畫個涉世未深的小情侶故事。劇情大致想好之後不禁懷疑自己……欸額！我真的辦得到嗎？這麼傻蠢又閃亮亮的戀愛情節，從來沒有畫過也不曾想過，於是就抱著這種連自己都覺得肉麻到難以忍受的心態，硬著頭皮盡力演出。幸好，這兩個小朋友畫著畫著有畫出感情來。

但是《大城小事》的一貫風格就是人生總是不會太美滿，小詹你以為談了戀愛人生就圓滿了嗎？想得美！交往之後真正的考驗才開始咧！所以下篇有三個方案：一、艾雯出國念書兩人分隔兩地，二、小詹因為球賽受重傷導致數年內不能繼續打校隊，三、訂情的鞋子被搞丟。前面兩種好像太殘忍，搞得我像童話故事裡不可理喻的後母一樣，興趣是虐待人，所以還是決定弄丟鞋子就好。可是最後結局還是很美滿，艾雯真是超齡的體貼懂事啊……算了，你們開心就好。

上篇提到不能送鞋，來自於古有一說，送鞋代表著「送行」，有著分離的意思，所以生活中如果要送鞋，通常都會讓收禮人給送禮人十元，形式上變成「買鞋」而不是「送鞋」……不過故事最後變成兩人互送，等於是交換，其實就沒問題吧？制服是參考臺中市明道中學，雖然把藍色改成紫色，還有一點點微調，不過還是有大批讀者一下子就認出來了。

最後，想請問有人跟我一樣，覺得艾雯拿姑姑的錢來把哥是一件很可惡的事情嗎？

第三集終於殺青啦！
幕後花絮
唷——恭喜！
恭喜啊！
大家好，我是HOM，好久不見了！
為什麼都第三集了才有幕後花絮？
因為前兩集頁數都塞爆了。
謝謝我的家人、朋友、出版社……
肺腑之言怎麼聽起來很官腔？
還有親愛的你們的支持，第三集才能順利出版！真的萬分感謝！
雖然《大城小事》是從網路連載起家的，但由於忙著工作，一直都沒有時間好好更新，真是不好意思。
啊啊啊粉絲專頁長香菇了!!
也謝謝沒有因為太少更新，就把這部作品遺忘的你們。
欸欸，那，我以後還會不會再登場啊？
第二集的故事〈忘了〉結束之後，要給我一個機會洗白吧？
汪汪！
對啊對啊！再畫我的故事嘛！
大何、維維……
這個嘛——

緣分啊，就是另有極少數的人會留在你身邊，而大多數的人們都只是階段性的相聚。
我只能認識某個時期的你們，我們的相遇在我筆下的故事裡。
不過即使是過客，依然陪伴了彼此的成長，是一件很浪漫的事。
他在說什麼？
我也不懂，到底有沒有心畫我？
所以……這都是未知數，一切都交給緣分吧！
爛死了！
你只是不擅長計畫未來的事情吧!!
你們都是城市裡的小人物，在看不到的角落裡，持續為了生活辛苦的奮鬥著，
就像繁星渺小，卻努力在夜裡發光啊！
夠囉。
星星不小啊，渺小的是你。
這兩頁就這樣被混掉了？
那麼各位，我們下一集再見啦！
HOM

FUN系列025

大城小事 3

BIG CITY, LITTLE THINGS

作　　者—HOM（鴻）
主　　編—陳信宏
責任編輯—王瓊苹
責任企畫—曾睦涵
美術協助—執筆者企業社
董 事 長—趙政岷
總 經 理
總 編 輯—李采洪
出 版 者—時報文化出版企業股份有限公司
一〇八〇三　臺北市和平西路三段二四〇號三樓
發行專線—（〇二）二三〇六六八四二
讀者服務專線—（〇八〇〇）二三一七〇五・（〇二）二三〇四七一〇三
讀者服務傳真—（〇二）二三〇四六八五八
郵撥—一九三四四七二四　時報文化出版公司
信箱—臺北郵政七九至九九信箱
時報悅讀網—http://www.readingtimes.com.tw
讀者服務信箱—newlife@readingtimes.com.tw
時報出版愛讀者粉絲團—http://www.facebook.com/readingtimes.2
法律顧問—理律法律事務所　陳長文律師、李念祖律師
印　　刷—詠豐印刷有限公司
初版一刷—二〇一六年八月十二日
定　　價—新臺幣二七〇元

國家圖書館出版品預行編目 (CIP) 資料

大城小事 3 / HOM 作 .
-- 初版 . -- 臺北市 : 時報文化 , 2016.04
冊 ;　公分 . -- (fun 系列 ; 25)
ISBN 978-957-13-6605-0 (第 3 冊 : 平裝)

855　　105005167

ISBN 978-957-13-6605-0
Printed in Taiwan